# 나는
## 공산주의
## 사립 초등학교를
## 졸업했다

# 나는 공산주의 사립 초등학교를 졸업했다

ⓒ 선린, 2024

초판 1쇄 발행 2024년 7월 3일

지은이        선린
펴낸이        이기봉
편집          좋은땅 편집팀
펴낸곳        도서출판 좋은땅
주소          서울특별시 마포구 양화로12길 26 지월드빌딩 (서교동 395-7)
전화          02)374-8616~7
팩스          02)374-8614
이메일        gworldbook@naver.com
홈페이지      www.g-world.co.kr

ISBN    979-11-388-3215-1 (03810)

# 나는 공산주의 사립 초등학교를 졸업했다

선린 지음

2007년, 영문도 모른 채로 부모님을 따라 중국으로 갔다.

"니하오(안녕)", "팅뿌동(못 알아들어)", "워슬한궈런(나 한국인)"

딱 세 마디로 버터 넸다.

좋은땅

# 저자 소개

필명 선린은 중국어로 '숲'이라는 뜻을 가진 단어다. 거창한 의미는 없고, 단순히 방에 붙여 놓은 여러 엽서 중 숲을 형상화한 그림이 많은 것을 보고 '숲'의 중국 단어인 森林(SUN LIN)으로 정했다.

1999년생, 한국에서 태어나 2007년 아버지가 중국으로 이주해 사업을 시작하신 후 초등학교부터 중학교, 고등학교 생활을 모두 현지에서 했다.

초등학교 1학년 때 단 한 마디도 하지 못하는 중국어 실력으로 입학하여 몸으로 부딪히면서 중국인과 어울리고 공산주의 방식의 교육을 받았다. 고등학교 졸업 후에 한국으로 돌아와 대학교에 입학하였고, 코로나19 학기를 거쳐 현재는 일반 직장인이다.

내가 쓴 글이 신빙성이 있는지 의구심을 갖는 사람이 있다면, 내가 어떤 사람인지부터 알고 싶어 할 것이라고 생각한다. 참고할 만한 내용을 다음에 적어 보았으니 참고해 보는 것이 좋겠다.
나에 대한 주변의 평가는 이러하다.

- 직장 상사 A : 차분한데 적극적이고 치밀한 사람
- 10년 지기 B : 넌 T야. 현실적이라서
- 대학교 친구 C : 이상하게 편안하게 느껴지는 사람
- 지인 D : 당돌함
- 엄마 아들 E : 지밖에 모르는 싸가지
- 직장 상사 F : 특이한 MZ세대 맑눈광
- 여행에서 만난 아무개 G : 악의 없는 솔직함
- 1년 미만 지인 H : 효율적이면서 여유로운 걸 좋아하는 사람
- 10년 지기 I : 고집이 너무 세
- 대학교 친구 J : 항상 무언가를 하고 있는 신기한 삶
- 그 외 다수 : '나도 뭔가 해야 하나?' 반성하게 되면서 지켜보는 재미
  가 쏠쏠한 나만의 도파민

　맞다. 나는 가성비와 효율을 따지는 사람임과 동시에 솔직하려고 노력한다. 당사자 앞에서 의문점이 있으면 그 자리에서 물어보고, 목표가 있으면 달성하고 나서 그다음 목표를 해치운다.

　공상도 많이 하지만 몸뚱이는 현실적으로 해야 할 것들을 한다. 모순이라고 스스로도 느끼지만, '모순이 뭐 어때서? 이게 그냥 난데, 뭐'라고도 생각하는 이상한 그런 사람이다. 하고 싶은 것도 많고 성격도 급해서 일을 벌여 두고 '일단' 달성부터 해 두려는 그런 이상한. 벌여 둔 일들을 하나도 빠짐없이 달성하고자 몇 달간의 계획을 세워 두고, 그 계

획표에 답답함을 느끼고 금방 지쳐 버리곤 하는 그런 이상한. 지쳤을지라도 엉덩이 딱 붙이고 하기로 했으면 다 할 때까지 일어나지 않는 그런 이상한. '일단 저지르고 힘들어하다가도 금방 달성하는, 답답한 계획표에서 벗어나고자 더 빨리 달성하려고 노력하는, 마침내 달성하면 몰입했던 것도, 끓어올랐던 열정도, 피곤했던 것도, 지쳤던 것도, 모두 금세 까먹어 버리는' 그리고 '똑같이 새로운 도전을 되풀이하는' 그런 이상한 사람이다. 사담이지만, 내 인스타그램 소개글에는 이렇게 적혀 있다. "해 보고 정하지, 뭐."

좋은 점도 있지만 나쁜 점도 많은 이상한 성격이다.


공감의 관점에서 나는 이렇다. 그 어떤 것에 대해서도 '각자의 생각, 관점이 있으니 그렇게 생각할 수 있지'가 디폴트 값이다. 아, 그럴 수 있지. 오, 그럴 수 있겠다. 그렇다고 내 의견이나 생각이 다른 사람이 말한 그 의견에 동조되지는 않는다. 그래서 그런 건지, 예전에 받은 대학교 상담에서 나는 양가감정을 동시에 이해하는 사람이라고 했다. MBTI가 뜨고 있으니 빗대어 말하자면, 나의 결과는 매번 다르게 나오고 모든 지수가 과장 조금 보태서 55:45 수준이다. 사실, 나는 나 스스로가 F라고 믿고 실제 결과로도 대부분 그렇게 나오지만 지인들은 나를 T로 알고 있을 정도로 마음으로는 공감하지만(F, "아, 그럴 수 있지") 동조되지 않는다. (T, "오, '너는' 그럴 수 있겠다")

나는 이런 사람이다. 이제《나는 공산주의 사립 초등학교를 졸업했다》의 글을 읽을 때에도 작가 선린의 의견에 휘둘리지 않고 먼 발치에서 제3자의 입장으로 바라보았으면 한다.

'아, 쟤는 이랬구나. 그럴 수 있지' 하는 마음으로.

2024.03.24 선린(森林)

# 프롤로그

공산주의 사립 초등학교, 말 자체로 모순적이다.

공산주의가 자고로 '모든 것을 공평하게'를 제1원칙으로 삼는 사상이라면, 사립은 공공단체가 아닌 개인이나 법인이 세운다는 의미다. 공산주의는 빈부격차를 없애려는 사상이므로 사적 소유를 인정하지 않고, 개인보다 단체를 중시하기 때문에 양립할 수 없다.

나는 그런 모순적인 초등학교를 졸업했다.

이 글은 완전히 주관적인 경험의 집합체다. 일반화하기 어렵지만 내가 다닌 공산주의 사립 초등학교의 커리큘럼을 소개하고 어떤 일상을 보냈는지 서술했다.

중국은 공산주의 국가다. 그래서 그런지 규율이 엄격하고 주입식으로 가르친다. 개인적으로는 아무런 가치관도 정립되지 않은 초등학생들에게는 아주 취약한 교육방식이라고 생각한다. 그런 나의 중국 초등학교의 일상을 공유해 볼까 한다. 나름 흥미진진 컬처 쇼크라 면접이나 술자리에서 많이 써먹었다. 부모님, 사랑해요.

이 글을 읽는 여러분들이 나의 경험을 통해 간접적으로나마 공산주의의 교육에 대한 궁금증이 풀어질 수 있도록 도움이 되었으면 하는 바람이다. 한편, 막연하게 두렵기도 하다. 그 나라의 '공평한' 통제에 관한 루머가 간혹 괴담처럼 퍼지고 있기에 직접적으로 겪어 보진 않았지만 무섭긴 하다. 설마 중국에서의 유학생활을 낱낱이 파헤쳤다고 잡아가진 않겠지 하는 마음으로 '일단' 출판해 본다.

아이를 데리고 곧 중국으로 가서 생활할 부모의 입장에 있든, 이미 중국에서 생활을 해 보았던 사람이 추억을 회상하고 싶든, 가깝고도 먼 중국 그리고 공산주의에 대한 관심이 많은 사람이든 각자가 원하는 바를 충족하기를 바란다.

2007년, 영문도 모른 채로 부모님을 따라 중국으로 갔다.
"니하오(안녕)", "팅뿌동(못 알아들어)", "워슬한궈런(나 한국인)".
딱 세 마디로 버텨 냈다. 내 나이 8살, 초등학교 1학년 소녀였다.

**이제 여러분이 2007년 1학년의 '내'가 되어 중국 초등학교에 입학해 보자.**

# CONTENTS

## CHAPTER 5.

# 내 기억엔 없던 학교에서의 일상

## CHAPTER 6.

# 졸업, 그리고 입학

# CHAPTER 1.

# 우리 이제 중국에서 살아, 평범했던 일상의 변화

## 1-1.
## 그림 속 세상으로 간다고?
## 신난다!

## 한국에서

초등학교 1학년, 경기도의 한 사립 초등학교를 다녔다. 매일 아침 까만 교복치마와 마이를 입고 등교버스를 향해 걸어가는 시간이 기다려졌다. 하굣길에는 항상 피카츄 돈까스 포장마차가 기다려 주고 있었다. 5살 위 오빠와 함께 일찍 하교한 날에는 부리나케 달려가 하나씩 사서 먹곤 했다.

오빠는 6학년, 나는 1학년.

버스 안에는 보이지 않는 룰이 있다. 5명이 나란히 앉을 수 있는 맨 뒷자리는 최고참 6학년 선배님들 차지다. 뽀시래기 1학년은 맨 앞 3줄에 앉아 삐약삐약 이야기한다. 등굣길에는 6학년 언니, 오빠들이 최고참이었다면, 하굣길은 2학년 언니, 오빠들이 최고참이다. 2학년까지는 하교를 조금 일찍 했기 때문이다. 억눌려 있던 선배미를 장착한 2학년 선배님들은 1학년 후배들의 기강을 잡는다. 평소처럼 꺄르르 웃고 있던 나와 내 친구는 하교버스에서 영문도 모르고 2학년 선배님의 지침

하에 앞 좌석에 머리를 기대어 아래만 쳐다보았다. 유치한 2학년 선배님들의 기강 잡기 시간이었다. 힐끔힐끔 곁눈질로 선배님의 표정을 관찰하고, 옆자리 친구와 몰래몰래 사담을 나누곤 했다. 이런 한국 사립학교의 보이지 않는 규칙에 서서히 녹아들 때쯤, 우리 가족은 중국으로 갔다.

## 만화 속 세상으로 간다!

부모님은 8살인 나에게 자세한 설명은 하지 않았다. 단지, 중국에서 생활할 거라고만 일러 두셨다. 중국이 뭔지 몰라 물어보니 해외라고 하셨다.

초등학교 시절, 순수했던 만큼 외국은 한국과는 풍경이 정말 다를 거라고 생각했다. 상상 속 중국은 내가 미술 시간에 개미집을 그렸던 것과 같이 2D세계일 것이라고 잔뜩 기대하고 있었다. 그리고 자연스럽게 학교에서 한, 해외에 관한 영상 수업이 떠올랐다.

영상 속 해외의 모습은 미술학원에 전시된 그림과 똑같이 만화 속 세상이었다. "우와! 그림 속 세상으로 간다고? 신난다!" 가슴이 두근거리고 흥분됐다.

6살에 그린 상상 속 개미집

중국에 가기만을 기다리며 손꼽아 기다린 끝에, 드디어 D-DAY다. 바리바리 싸 든 짐과 함께 공항에 도착해 밥을 먹고, 우왕좌왕 서툰 체크인에 예민해진 부모님을 따라 비행기에 오른다.

'두근거린다. 이제 몇 시간 후면 그림 속으로 간다…! 스펀지밥에서 본 마법 연필로 그린 것처럼 생겼을까? 종이처럼 휘청휘청거리면서 바람에 휘날리는 모습일까?'

한껏 들뜬 8살이다.

## 이게… 중국이라고?

'이상해… 귀가 안 들려… 으윽… 속이 메스꺼워. 토할 것 같아…'

비행기에 올라타 들떴던 기분도 잠시, 처음 느껴 보는 불편함에 저절로 미간에 주름이 졌다. 불안정한 기류로 인해 흔들리는 통에 금세 마음이 두려워져 환한 빛으로 물들었던 알록달록한 내 상상 도화지를 검게 덮어 버렸다. 마치 놀이공원의 온갖 무서운 것만 골라 타는 기분이었다. 롤러코스터가 가장 높은 곳에서 훅 떨어지는 순간이 이어지는 기분, 바이킹이 가장 높은 곳에서 아래로 떨어지는 순간에만 느껴지던 배가 간질간질한 기분이 이따금씩 느껴져 속이 메스꺼웠고 까닥 방심하면 게워 낼 것이 뻔했다. 엄마는 찡찡거리는 나를 챙겨 앞 좌석 주머니에 있던 토봉투를 꺼내 입에 대고 있으라고 하셨다. 어질어질 울렁울렁 요란한 속을 간신히 달래고 달래 도착한 뒤, 눈앞에 펼쳐진 중국의 모습을 나는 부정했다. 냄새부터 달랐다. 비눗방울같이 깨끗하고 기분 좋은 향을 상상하던 내 코는 향기는커녕 뜨거운 바람에 그을린, 왠지 꺼림직하여 자동으로 인상이 써지는 무거운 느낌의 냄새만 맡고 있을 뿐이었다. 혹시 비듬 냄새인가, 정체는 모르지만 무언가 기분이 썩 좋지 않고 더러운 느낌을 떨칠 수 없었다. 거인의 입 동굴에 들어간 소인국 사람들이 거인의 뜨거운 입김이 너무 자연스러워서 아무도 이 상함을 못 느끼는 듯한 상황에 비유하면 비슷하다.

시각적으로는 이러했다. 중국에 실제로 도착해 보니 이상한 글자가 쓰여 있는 한국일 뿐이었다. 잔뜩 실망했다. 차를 타고 이동할 때 창밖을 보면서도 믿을 수 없었다. '아니야… 이럴 리가 없어. 왜 한국이랑 똑같은 모습이야? 만화 속 세상이어야 하잖아!'

8년 동안 살면서 받은 충격 중에 가장 크다. 티라노사우르스가 나와서 포효를 하는 게 당연한데, 나무는 입체가 아니라 단면으로 그려져서 흰 도화지가 보여야 하는 게 정상인데, 개미집이 맨눈으로도 다 보여서 어느 개미가 음식을 나르고, 어느 개미가 싸우고, 어느 개미가 농땡이 피우는지 말풍선이랑 같이 보여야 하는 게 정상인데, 새들은 지나가면서 반갑다고 인사하고, 고양이는 힐끗 쳐다보면서 관심 없는 척 반겨주어야 하는 건데, 마법의 연필이 주어지면 어디에나 존재하는 스케치북 위에 내가 원하는 모든 걸 그림으로 그려 얻을 수 있는 그런 곳이어야 하는데….

요상한 꼬부랑 글자만 다르고 한국에서 본 풍경이랑 다 똑같다.

만화가 아니다…. 그림 속 세상이 아니다….

세상의 이치를 깨달은 현자의 기분을 조금 맛본 느낌이다. 현실에 살자. 혼자 중얼거리며 되뇐다. 슬픔이처럼 잔뜩 풀이 죽어 멍만 때린다.

내 기분을 혹시라도 부모님이 눈치챌까 아무 생각도 하지 않는 척하면서 창문만 바라본다.


## 중국에 도착해서

중국에 도착하기가 무섭게 꼬르륵거리는 소리를 배경음악 삼아 한국인이 운영하는 음식점으로 들어간다. 중국에 도착하자마자 먹었던 음식은 回家 음식점의 김치찌개. 그리고 집을 구하지 않은 채로 무작정 떠나왔던 것인지 몇 달간은 호텔에 머물렀다.

김치찌개를 시키고 한국인이 삼삼오오 모여 웅성거리는 풍경은 익숙하다. 경기도에 살던 때와 다른 점을 전혀 찾아볼 수 없다. 아직도 해외가 그림 세계가 아니라는 것이 믿기지 않지만 받아들이기로 한다.

# CHAPTER 2.

## 딸내미는 다음 주부터
## 사립 초등학교로 갈 거야

## 2-1.
## 입학부터 삐그덕,
## 공산주의 초등학교

## 중국에 도착해서

한 달쯤 지난 어느 날, 집을 구해서 들어갔다. 그리고 그사이 알게 된 한인분들로부터 얻은 정보들을 취합하여 나와 오빠가 다닐 학교가 정해졌다. 곧이어 아빠가 공표한다.

**"딸내미는 중국 사립 초등학교로, 아들은 집 앞 중학교로 등교할 거야. 다음 주부터. 아빠가 다 알아봤으니까 걱정 마."**

오빠는 한국에서 초등학교를 졸업하고 왔기 때문에 집 바로 앞에 10분만 걸으면 도착하는 중학교에 들어갔고, 나는 봉고차를 타고 오랫동안 가야 하는 신축 사립 초등학교를 다니게 되었다. 우리에게 공표한 날, 아빠는 본인이 더 긴장한 듯이 같은 이야기를 반복한다. 마치 우리가 그 의미를 잘 알아들었는지 수차례 눈을 맞추며 확인하듯이. 그에 보답하는 마음으로 우리는 알겠다고 다섯 번은 대답한다.

정작 난 아무 걱정도, 생각도 없다.

'뭐가 다르겠어? 그냥 말만 좀 안 통하겠지. 부딪혀 보지, 뭐.'

부모님은 당시 한국말도 제대로 하지도 못하는 딸을 중국 로컬학교
에 보내는 것이 불안했는지 "니하오, 팅뿌동, 워슬한궈런, 쎼쎼 이것만
외워. 순서대로만 말해. 해 봐. 외웠어? 한 번 더 해 봐. 한 번 더. 또. 다
시. 더…" 부모님은 김치찌개를 먹는 내내 이 말만 반복한다.

나보다도 지레 겁먹은 것처럼 보이는 부모님의 모습에 괜히 의기양양
해진다. "푸헤헤, 나 잘해. 이것 봐! 니하오, 팅뿌동, 워슬한궈런, 쎼쎼."

돌림노래 부르듯이 일주일 내내 입이 닳도록 외운다.

**你好, 听不懂, 我是韩国人, 谢谢。**

## 입학부터 삐그덕, 공산주의 초등학교

그리고 그날이 왔다, 대망의 초등학교 입학시험 날.

내가 입학하려는 학교는 어느 중국 부자가 정기가 넘치는 산속에 지
은 사립 초등학교다. 학생을 있는 그대로 받지 않고 선별하여 입학하
는 특이한 초등학교다. 때문에 현지 학생들도 입학 시험을 본다. 입학
시험을 보는 동안 부모님은 바깥에서 기다리며 창문 너머로 관찰하고

있다. 입학시험관은 현지 선생님이다.

긴 책상을 중간에 두고 마주 보는 구조로 학생이 다가오길 기다린다. 시험을 앞둔 학생은 나무판자로 만든 목각의자에 자리를 잡고 앉는다. 시험은 어렵지 않다. 초등학생 1학년 수준으로 말을 알아듣기만 하면 된다. 내 앞뒤로 현지 학생들은 혼자 중얼중얼 준비한다. 나는 양옆에 걱정인형처럼 안절부절못하는 엄마와 아빠와 함께 서 있다. 한 차례 한 차례 멍 때리다 보니 내 차례다.

열심히 연습한 네 마디를 속으로 다시 외운다.

나무의자에 앉아 현지 선생님을 마주한다. 환한 미소로 긴장을 풀어준다. 준비한 말을 하려는데, 쌀라쌀라 이상한 말을 한다. 굴하지 않고 만능의 네 마디를 한다. 니하오, 팅뿌동, 워슬한궈런, 쎄쎄…. 그런데 선생님 표정이 이상하다. 맥락에 맞지 않는 대답을 했다는 걸 몸으로 느낄 수 있다.

선생님이 기회를 한 번 더 준다.

그치만 네 문장이 한계다. 선생님이 뒤를 돌아 소곤거린다. 뭔가 잘못되고 있다. 엄마와 아빠에게 처량하고 당황한 눈망울로 도움을 요청하자 뛰어들어 온다. 선생님과 몇 마디 주고받더니 입학을 허락 받았다.

사실 입학시험 전까지 중국어 학원을 다녔다. 얼추 알아들을 수 있는 수준으로 끌어올렸지만 대답은 하지 못하는 상태였다. 현지 사람들과 직접적인 소통은 겪어 보지 못했기에 긴장한 탓도 있었다. 본 실력보다도 못한 모습을 보였지만 부모님과 선생님의 대화는 대략 이랬다는 것을 피부로 체감한다.

"중국어를 잘하지 못하는데, 적응하기 어려울지도 몰라요."
"괜찮아요. 입학을 원합니다."

당시에는 꽌씨문화가 더 왕성했을 때다. 모르긴 몰라도 부모님의 힘이 있었을 것이라 유추해 본다.

순탄하지만은 않은 입학시험에 합격했다. 이제 시작이다.

2-2.
새벽 공기와
통학 봉고차

## 평범한 아침의 등굣길

해가 반쯤 뜬 7시, 새벽공기를 코로 들이마신다.

대문을 나와 하늘을 올려다보면 집 창문 앞에 서서 핸드폰으로 등교하는 내 모습을 영상 녹화하는 엄마를 볼 수 있다.

등교 차량 지정장소에 다다르면, 살짝 촌스러운 옷을 입은 초등학생들이 삼삼오오 모여 재잘재잘 길가에서 떠들고 있다. 같은 학교로 가는 친구들이다. 매일 아침 한국인 친구들이 다 같이 모여서 봉고차를 기다린다. 봉고차는 소위 빵차라고 불렸고, 가끔은 똥차라고도 불렸다.

입학 초기에는 부모님들이 다 같이 나와서 기다려 주었지만, 시간이 지날수록 한국애들만 미리 나와서 수다 떨면서 기다렸다. 겨울엔 덜덜 떨고, 여름엔 나무 그늘을 찾아다니며 봉고차가 오기만을 기다린다.

봉고차는 학교에서 대여해 주지 않는다. 산골짜기 학교로 매일 아침

데려다줄 여력이 없는 한국인 부모가 합심해 계약한 차다. 그래서 등 곳길의 유일한 현지인은 빵차 아저씨뿐이다.

봉고차를 타면 중국인 기사 아저씨가 문을 열어 주고, 우리들은 좋은 자리 앉겠다고 투닥거리면서 올라탄다. 그도 그럴 것이 몇십 분은 덜 컹거리면서 산길을 올라야 하기에 조금이라도 덜 쿵쿵거리는 자리를 찾는 것이 멀미를 피할 수 있는 길이기 때문이다.

한국인만 모여 있어서인지, 봉고차 안에도 보이지 않는 룰이 생긴다. 어릴 때는 서열이라는 게 눈에 보이지 않아도 존재하는지 제일 좋은 자리는 꼭 예쁘고 멋있고 말 재밌게 하는 5학년 언니, 오빠 차지였다. 뒷자리는 4학년 언니, 오빠들이, 앞자리는 1~2학년들이, 그리고 기사님 바로 옆 보조석은 5학년 중에서도 권력이 있는 사람이 앉는다. 중국은 초등학교가 5년제, 중학교가 4년제여서 초등학교에서는 5학년이 최고참이다.

떠드는 내용도, 장난도, 이 보이지 않는 서열에 의해 좌우된다. 학교 폭력은 아니지만 그렇다고 마냥 아니라고 할 수 없다. 당하는 사람은 즐겁게만 보이진 않았다. 아이러니한 건, 그런 오빠나 언니에게 내가 어린 마음에 도와준다고 손길을 내밀면 째려본다. 동정하지 말라는, 무시하지 말라는 무언의 압박이었을까? 나의 호의가 한껏 무시당한 느낌에 기분이 나쁘다.

## 빵차 안에서

그렇게 모두가 오순도순 앉아서 학교로 가는데 봉고차는 30~40분 탄다.

매일 차를 이용해 산으로 올라갔다. 구불구불한 산길을 오르다 보면 산바위에 용이 금방이라도 튀어나올 듯이 조각되어 있는 구간도 있고, 엄청난 부잣집에서 키우는 차우차우 두 마리가 짖고 있는 구간도 있는데, 우렁차게 짖는 개의 울음에 너 나 할 것 없이 "우와~~~ 저거 봐~~~" 소리친다.

산바위 공룡 예시(용 구조물은 사진 자료가 없어 공룡 구조물로 대체)

그 두 구간을 지날 때마다 봉고차가 떠나가라 소리 지르면서 신기해하는 우리를 위해 기사 아저씨가 항상 천천히 지나쳐 줬던 기억이 있다. 친절한 기사님은 조금 더 보라고 가까이 다가가서 속도를 줄여 준다.

자, 몇 분만 더 올라가면 도착이다.

학교에 도착하기가 무섭게 차 문을 박차고 뛰어나간다. 기사 아저씨한테 인사도 안 하고 냅다 정문으로 뛰어간다. 현지애들은 부모님 차에서 내려 허그도 하고 뽀뽀도 하고 일본 지브리 만화영화에서나 나올법한 장면처럼 손 흔들어 인사하고 헤어진다.

2-3.

입학 첫날,

학교 교실 앞에서

## 학교에 도착해서

학교 교문은 크지만 활짝 열지 않는다. 좁은 문만 열어 둔다.

교문 옆엔 현지 선생님이 서서 세상 친절한 미소와 함께 가벼운 목례로 부모님으로부터 아이들의 손을 건네받으며 맞아 준다.

정문에는 선생님들이 서서 인사해 주시고 계시는데, 그 문을 통과하기 위해서는 홍린진(红领巾)을 목에 둘러 매야 한다. 1~2학년 친구들은 스스로 맬 줄 모르기 때문에 선생님이 매 주시지만 다른 언니, 오빠들은 이미 봉고차에서 하고 곧바로 들어가는 모습이 그렇게 부러웠다. 교문을 지나 들어오는 순간부터 교실까지 가는 길목은 이 시간만 유일하게 줄도 서지 않고 친구들과 발도 맞추지 않고 걸을 수 있다.

홍린진 위키피디아 참고

대광장을 등지고 오른쪽 샛길로 쭉 가면 교실 건물이다. 교실 건물 뒤엔 체육장이다. 교실 건물로 들어가 계단을 오르면 2학년 1반, 내가 배정받은 반이 나온다.

### 입학 첫날, 학교 교실 앞에서

교실 복도

교실 문 앞에 선다. 시끌벅적 소란스럽다. 잔뜩 긴장한 채로 문을 열 자 시선이 집중된다. 상상이었다.

문을 열고 들어갔지만 놀랍게도 아무도 관심이 없다. 이미 자기들끼리 수다 떠느라 정신이 없다. 쭈뼛쭈뼛 민망해하며 눈앞에 보이는 아무 나무의자를 붙잡고 앉는다. 쏟아지는 중국어에 더 긴장하는 것도 잠시, 아무도 말을 걸지 않으니 루즈해진다. 그때 한국말이 들린다. 뽀빠이 속 별사탕을 먹은 기분이다.

귀를 기울이고 눈을 이리저리 돌리며 근원을 찾는다. 한국인이다. 당장 가서 말 걸고 친해져야 살아남을 수 있다는 생각에 사로잡힌다. 가서 말을 걸지만 조금 퉁명하다. 걘 중국어를 할 줄 안다. 굴하지 않고 계속 말을 건다. 그제서야 중국애들도 관심을 보인다.

"니슬한궈런마?(너 한국인이야?)"
"워슬한궈런!(나 한국인이야!)"
"你是韩国人吗?"
"我是韩国人!"

마법의 문장을 야무지게 써먹는다.
한번 물꼬를 트니까 자신감이 생긴다. 이젠 자연스럽게 녹아들어 이야기를 하다 보니 자신감이 더 많이 생긴다. 긴장이 풀어진다.

현지애들은 한국인을 신기하게 생각한다. 동경의 눈빛인지 엄청 착하게 대하는 애들도 있는 반면, 장난인지 진심인지 특유의 목소리로 한국인을 놀리기도 한다. 사바사다. 당해 보면 상당히 기분 나쁘다. 주변에 중국인이 많다고, 그러니까 게임으로 치자면 아군보다 적군이 더 많다고 쫄지 않아도 된다. 기세로 누르면 한 발자국 물러나고 다신 안 건드린다. 한국 학교라도 안 이럴 것 같지 않다. 예쁘고 신기한 친구한테는 잘하는 애가 있는 동시에 질투 나서 왕따 시키는 애도 있으니까.

단순히 한국인과 중국인, 국적의 차이로 뚜렷한 경계가 있을 뿐이다.

입학 전 중국 학교 계단에 대한 무서운 소문이 있었는데, 오해와 소문은 추후 설명하겠다.

# CHAPTER 3.

# 공산주의 사립 초등학교
# 커리큘럼

# 3-1.
# 정신없는 조례시간과
# 1, 2교시 일상

## 평범한 중국 초등학교 교실

원활한 상상을 위해 교실 묘사를 먼저 하려 한다.

책상과 의자는 나무 결이 훤히 보이는 재질이다. 책상은 짝꿍이 있는 구조로 두 개씩 붙어 있는데, 참관수업이나 방송에 나올 때는 한 칸씩

중국 초등학교 교실

전부 띄워서 사용했다.

책상은 안쪽에 책상 서랍, 오른쪽엔 가방 걸이가 전부다. 가방은 항상 그 가방 걸이에 걸어 두어야 했다. 책상 서랍은 물통 하나도 들어가지 못할 정도로 좁고 책과 노트, 그리고 필통만 넣을 수 있다.

가장 먼저 책상 정리하는 법을 배웠다. 책상 서랍에 물건을 넣는 순서가 정해져 있기 때문이다. 우선 왼쪽, 중간, 오른쪽으로 나누어서 왼쪽에는 가장 큰 (중)국어책, 그 위에는 수학책, 그 위에는 영어책을 올려 둔다. 오른쪽에는 조금 작은 크기의 무지 수학노트, 글씨노트, 영어노트를 올려 둔다. 그리고 중간에 좁은 공간에는 필통을 끼워 둔다.

필통에는 당연하지만 연필, 만년필 한 자루만 가지고 다녀선 안 된다. 만년필과 리필용 먹물, 그리고 지우개와 연필, 채점용 빨간 펜이 들어가 있어야 한다. 모든 학생 예외 없이 똑같은 소지품에 똑같은 책상 정리, 똑같은 위치에 가방을 걸어 둔다.

그리고 목에는 홍린진이라는 빨간색 스카프를 둘러맨다. 정해진 규칙대로 홍린진을 한 모든 학생은 정해진 자세로 각자 자리에 앉아 있는다.

책상 오른쪽엔 모래주머니가 있다. 모든 학생이 그렇다. 오른쪽 모서리에는 각자 집에서 가져온 걸레를 걸어 두고, 매일 하교시간에 의자를 책상 위에 거꾸로 올린 채로 걸레를 사용해 바닥을 쓸고 닦고 화장실로 가서 걸레를 빨고 넌다.

반마다 지푸라기로 만든 쓰레받기가 있다. 그걸 온 학생이 돌려 사용하며 각자의 자리를 청소한다. 하루의 일과는 항상 청소로 끝났다.

## 정신없는 조례시간과 1, 2교시 일상

여기서부터는 중국 사립 초등학교의 평범한 일상을 소개하려 한다.

평소대로 복도를 지나서 교실로 들어오면 중국인 친구들이 웅성웅성 떠들고 있다. 한참을 와자지껄하다 보면 선생님이 들어온다. 담임 선생님이다. 선생님이 들어오시면 떠들썩하던 학생들이 일제히 자기 자리를 찾아 똑같은 자세로 앉아 선생님을 바라본다.

한 명도 빠짐없이 떵즈(등받이 없는 나무의자)에 허리를 꼿꼿이 세우고 책상과 주먹 하나 들어갈 공간만 남겨 둔 채 양팔을 책상 위로 포갠다. 항상 왼팔이 아래, 오른팔이 위로 오게끔 해야 한다고 배웠다.

선생님이 들어와서 교탁에 자리를 잡고 서 있으면 반장이 일어나서 차렷, 경례를 중국어로 외치고, 우리는 그에 맞춰서 "老师好(선생님, 안녕하세요)"라고 이야기를 한다.

선생님은 앉아 있는 학생들을 보면서 인사를 하고는 목에 홍린진이 걸려 있는지 없는지를 확인하셨다. 홍린진이 없는 친구들은 선생님이 반에 오기 전에 부랴부랴 다른 반에서 빌려와서 쓸 만큼 모든 중국 학생들과 현지 학생들은 홍린진을 차고 있고 없고에 대한 압박이 있었다.

\* \* \* \*

조례시간에는 수업을 시작하기에 앞서 시를 외운다.

그 시는 (중)국어 수업에서 배웠던 중국 유명 시인의 시다. 분명히 수업시간에 뜻을 배우긴 했지만, 사실 1학년, 2학년들의 입장에서는 뜻을 배웠어도 모르는 게 당연하다. 뜻을 모른 채로 냅다 외웠다. 외우게 한다. 매일 아침에 오면 선생님 앞에서 한 명씩 지나가면서 외우고 하교를 할 때도, 국어 시간이 끝날 때도 중국 시를 외우게 했다.

못 외우면 외울 때까지 도전해야 했다. 이해는 뒷전이고, 집에 가고 싶은 마음에 무작정 외웠다. 지금은 기억이 안 나지만, 고등학교 입학

할 때까지만 해도 습관처럼 외울 수 있었다. 그 정도로 뇌리에 주입이 되어 있었다.

지금 생각해 보면 그것이 공산주의의 이념이 깔려 있는 시였던 것 같다.

나중에 고등학생이 되어서 그 시를 다시 외워 봤을 때 '시의 뜻이 이런 뜻이었구나' 하면서 놀랐던 경험이 있던 걸 기억한다. 지금은 그 시가 어떤 시였는지도 가물가물하지만 당시의 충격이 남아 있다. 이런 식으로 중국 학생들과 현지 학생들에게 사상이 주입되는 건가 싶었다.

조례가 끝나고 나면 1교시가 시작된다. 여느 한국 학교와 다르지 않게 수업이 진행이 된다. 한 가지 다른 점이 있다면 2교시가 끝나는 종이 울리면 항상 모든 학생들이 복도로 나가 사열 종대를 이룬다는 것이다. 사열 종대에서는 떠들면 안 되고 주변 친구들과 오와 열, 그리고 각을 맞추어야 했다.

반장의 구령에 맞추어 오른발, 왼발 순서대로 척척 앞으로 걸어 나간다. 운동장으로 가서 국기 게양식을 하기 위함이다.

# 3-2.
# 국기 계양식과
# 이벤트 체조 시간

## 체육장으로

매일 2교시가 끝나면, 전교생이 각자 반의 복도로 나간다.

앞서 말했듯이 사열 종대로 줄을 맞추고 서서, 옆에서 반장이 크게 "하나, 둘, 하나(이, 얼, 이)", "하나, 둘, 하나(이, 얼, 이)" 하는 구령에 오른쪽, 왼쪽 발을 맞춰 체육장으로 이동한다. 절대 혼자서 이동할 수 없다. 유일하게 반장만 사열 종대에서 벗어나 있을 수 있다.

"一, 二, 一", "一, 二, 一"
(오른발, 왼발, 오른발) (쉬고) (오른발, 왼발, 오른발)

체육장으로 나가면 우선 모든 1학년부터 5학년까지 학생들을 다 일렬로 세운 다음 팔을 벌려 각자의 위치를 잡도록 한다.

체육장

　체육장에 도착하면, 매일 다른 프로그램이 진행되는데, 이때 중국 무술, 막대기 무술, 춤 같은 걸 배운다. 앞에서 체육 선생님이 어떤 포즈를 취하시면 넓게 펼쳐 서 있는 학생들이 일제히 따라 하면서 배우는 시간이었다.

　되게 재미있었다. 나무 막대기를 어떻게 잡는지, 어떻게 휘두르는지, 어떻게 점프하면서 마지막에 어떤 포즈를 해야 하는지 등 하기 싫어하는 척은 했지만 사실 제일 좋아했다.

이제 체육장에서 벌어지는 활동을 자세히 살펴보자.


## 국기 게양식

가장 먼저 중국 국기 게양식이 거행된다.

홍린진은 이 국기 게양식에 예를 갖추기 위해 필수적인 것으로 모든 학생들이 차고 있다. 그리고 우리나라에 가슴에 손을 대는 것과 마찬가지의 의미로 눈썹 가까이에 경례를 하듯이 조금 비스듬히 손을 올려 중국 국기가 다 올라갈 때까지 기다린다.

몇몇의 한국 학생들은 뜨거운 햇빛이 쏟아 내리는 태양 아래에서 약간 손을 앞으로 꺼내 햇빛 가리기용으로 사용했다. 선생님이나 반장에게 들키면 안 했던 것처럼 다시 자세를 바로잡는다.

국기 게양식을 하는 도중에는 중국 국가를 부른다.

아직도 생각난다. 너무 재밌긴 하다. 어떤 내용인지도 모르고 일단 부르기 시작했다. 중국 학생들이 따라 부르니까 입 모양으로 따라 부르다가 매일매일 2교시 때마다 부르던 노래이기 때문에 4년 내내 듣던 음악에 익숙해져 나도 모르게 외웠다.

그 많은 학생들이 1학년부터 5학년까지 넓은 체육장에 펼쳐져서 일제히 목에 홍린진을 걸고 중국식 경례를 한 상태로 게양하는 중국 국기를 보며 함성 소리와도 같은 큰 소리로 중국 국가를 부르고 있는 무리에 속해 있으면 나도 모르게 심장이 두근거린다. 웅장함 때문인지, 큰 소리에 의한 진동 때문인지 파악할 겨를도 없이 심장이 뛰니까 신이 난다.

중국 국가 중 기억나는 구절을 아래에 적었다.

나는 특히 '치엔진 치엔진 치엔진진'이랑 '치라이 치라이 치라이' 부분을 좋아했다.

　나는 공산주의 사립 초등학교를 졸업했다

起来，不愿做奴隶的人们!

把我们的血肉，组成我们新的长城!

中华民族到了 最危险的时候, (중략)

起来!起来!起来! (중략)

前进!前进!前进进!


치라이, 부유웬줘누리더런먼!

바워먼더씨에려우, 주청워먼더신더챵청!

쭁화민주다오랴오 줴이웨이셴더슬허우, (중략)

치라이! 치라이! 치라이! (중략)

치엔진! 치엔진! 치엔진진!


일어나라! 노예가 되고 싶지 않은 사람들이여!

우리의 피와 살로 새로운 장성을 만들자!

중화민족이 가장 위험한 순간에 닥칠 때 (중략)

일어나라! 일어나라! 일어나라! (중략)

전진! 전진! 전-진!

**이벤트 활동**

국기 게양식을 마치고 나면 그날의 이벤트로 어떤 활동을 시작한다.

어느 날은 목각 배우기, 어느 날은 무술 배우기, 어느 날은 춤 배우기, 어느 날은 줄넘기하기 등 이벤트는 다양하다. 나는 무술 배우는 것을 가장 좋아했다. 긴 막대기를 들고 어떤 식으로 휘둘러야 하는지, 어떤 식으로 자세를 잡아야 하는지를 배웠다. 모든 학생들이 일제히 거리를 더 넓혀 다 같이 휘리릭 휘두르는 그 기억이 강렬하게 남아 있다.

**눈 체조**

1교시가 끝나고 이벤트 체조까지 끝나면 다시 교실로 4열 종대를 이

뭐 발 맞춰 걸어 들어간다. 반으로 돌아오면 어수선한 분위기와 웅성 웅성 떠드는 소리로 활기찬데, 그때 항상 방송이 나온다. 이벤트 체조를 하면서 흥분했던 2학년 학생들과 현지 친구들은 돌아오고 나서도 자리에서 흥분을 가라앉지 못한다.

그 때문인지 항상 이벤트 체조가 끝나면 눈 체조를 시작했다.

뜨거운 햇빛에서 눈이 피로해졌으니 눈 체조를 해야 한다는 의미다. 방송 장비를 통해서 눈 체조 음악이 흘러나오면 간식 담당인 친구는 눈 체조는 건너뛰고 1층으로 뛰어 내려가서 친구들이 먹을 간식을 가져온다.

반장은 앞으로 나가 칠판 앞에 자리를 잡고 서서 눈 체조방송이 나오는 동안 눈을 뜨고 하지 않는 친구들의 이름을 칠판에 적는다.

눈 체조는 이런 식으로 진행된다.

우선 양 눈을 감고 손을 눈썹에 올려 두어 세게 누르면서 눈썹의 결대로 따라 눌러 준다. 이런 식으로 10번 시작한다. 그다음은 눈과 눈 사이 미간을 잡고 꾹꾹 눌러 주거나 꼬집어 주는 것을 10번 진행한다. 그후로는 관자놀이를 꾹꾹 눌러 주면서 원형을 그리는 것을 10번 진행한다. 마지막으로 머리 마사지를 스스로 하는 것처럼 꾹꾹 뒤통수와 앞머리를 열 손가락으로 눌러 준다.

그럼 이 눈 체조는 마무리되고 눈을 뜨면 간식 당번인 친구가 가져온 간식이 눈앞에 펼쳐져 있다.

사실 혈기왕성한 애들이 눈을 감고 있는 건 정말 힘들다. 그래서 모두가 반장처럼 앞에 나가서 감시하고 싶어 하지만 그럴 수 없기에 간식 당번을 하고 싶어 한다. 간식당번은 방송이 진행되는 1분 사이에 계단을 마구 뛰어내려가 각자 반에 배정된 간식을 가지고 계단을 다시 뛰어올라와 친구들이 눈을 뜨기 전까지 각자 책상에 간식을 나눠 주어야 하는 미션을 하는 포지션이었기에 더욱 매력적이었다. 그래서 경쟁이 치열한 간식당번은 학생들 돌아가면서 하거나 포상으로 기회가 주어지곤 했다.

간식은 보통 우유 빵이거나 요거트였다. 중국의 요거트는 한국의 요거트처럼 맛있는 요플레가 아니라 조금 쉰 냄새가 많이 나는 물컹물컹한 묽은 요플레였다. 정말 먹기 싫었지만 2학년의 비애로 편식을 하면 안 됐기에 친구들에게 몰래 나눠 주거나 억지로 먹었다.

눈 체조가 끝나면 3, 4교시가 시작된다.

3-3.
고통스러운 점심시간과
낮잠시간

## 고통스러운 점심시간

4교시 후에는 점심시간이다.

4교시가 끝나면 점심을 먹으러 다시 복도에 줄 맞춰 서서 발 맞춰 걸어간다. 걷는 도중에는 수다도 떨어서는 안 된다. 바로 옆 친구와 수다 떨고 있는 걸 걸리면 반장이 선생님한테 꼰지르고 꾸중을 듣는다. 얼마나 얄미웠는지 모른다.

식당으로 걸어 들어갈 때, 한국인이랑 중국인이 두 갈래로 나뉘는데, 한국인 음식 따로 중국인 음식 따로 배정받기 때문이다. 원래 같이 먹었지만 한국인 친구들이 중국 음식에 적응을 하지 못해서 항상 굶거나 울거나 하는 경우가 대부분이었기에 학부모들의 항의에 못 이겨 한국인 친구들을 위한 특별식이 제공되었다.

특별식이라고 따로 특별한 건 없었다. 볶음김치만 추가로 주어지는 정도. 하지만 나에게 볶음김치의 존재감은 특별했다. 볶음김치는 나에게 구원의 손길과도 같았다. 정말 볶음김치 없이는 밥을 절대 못 먹었을 것이다.

중국식 반찬으로 당시에 토마토 계란 볶음이 나왔었다. 지금 한국에서 유행하는 걸 보면 참 이해가 가지 않는다. 한국 사람들이 많이 좋아하는 걸 보면 따뜻한 토마토를 왜 먹나 하는 생각이 아직도 든다. 그 정도로 나에게는 중국 음식이 트라우마로 남아 있다. 하지만 궈바로우와 마라탕은 그때도 지금도 참 좋아한다. 토마도 계란 볶음 외에도 정말 싫어했던 음식을 꼽자면 미역국처럼 생긴 콧물이 생각나는 이상한 죽이 있다. 항상 마무리로 그 죽을 다 마셔야 했던 것이 너무 괴로웠다.

나는 당시 2학년이었기 때문에 반찬 투정을 금기시하는 규율로 인해 맛이 없는 반찬과 국까지 억지로 입에 욱여넣고 다 먹은 척 검사 받은 후에 화장실로 뛰쳐나가 입안에 있던 음식을 다 토해 냈던 기억이 있다. 마지막 한 모금을 너무 먹기 싫어서 입에 가득 머금고 선생님께 빈 식판을 보여 드리고 얼른 화장실로 뛰어가 뱉었다.

나는 다른 중국 음식은 손도 대고 싶지 않았다.

점심으로 나온 음식들 중에 오로지 밥과 볶음김치만을 싹싹 긁어 먹었던 기억이 있다. 그래서 나는 아직까지도 볶음김치를 가장 좋아한다. 어린 시절의 영향이 있는 것 같다. 아직도 생각나는 이상한 미역 콧물 죽… 고수만두….


## 달콤한 낮잠시간

그렇게 고통스러운 점심을 먹고 나면 낮잠 시간이다.

조금 휴식시간을 갖다가 특정 시간이 되면 다시 모여든다. 선생님이 한 줄로 학생들을 세우고 이때는 오와 열을 맞추어도 발까지는 맞춰 걷지 않고 낮잠실로 걸어 들어갔다. 낮잠실의 풍경은 다음과 같다.

우선 학기 초에 가져온 각자의 이부자리가 접혀 있는데, 그 이부자리를 선생님의 구령에 따라 지정된 자리에 펼쳐 놓는다. 각자 집에서 챙겨 온 이부자리는 항상 그 자리에 고이 접혀 있는데, 낮잠실로 가서 선생님이 이부자리 펼치는 모습을 어깨너머로 보고 각자 이불을 펼쳐 눕는다.

당시만 해도 군대 훈련소처럼 각자 배정된 자리에 이부자리를 펼치는 정도의 환경이었는데, 최근에는 각자 침대가 배정되는 모양이다.

이부자리를 펼치고 다닥다닥 붙어 누우면 잘 준비 완료다. 당장 나가서 뛰어놀고 싶은데 억지로 눈을 감고 자게 하는 구조가 정말 마음에 들지 않았다. 눈을 뜨고 있으면 선생님한테 혼난다.

억지로 눈을 감고 있으면 주변 소음에 집중하게 된다. 어느 누구도 이부자리 펼쳐서 눕는다고 바로 잠드는 법이 없었다. 선생님 나갈 때까지 실눈 뜨고 자는 척하다가 선생님 나가면 바로 소곤소곤 떠들고, 선생님이 다시 문 열고 급습하면 아무 일도 없던 듯이 다시 실눈 뜨고 자는 척하고 그랬다.

낮잠시간마다 5분 동안 눈을 감고 명상에 빠져든다.

친구들 눈 감았다 뜨는 소리, 부스럭거리는 이불 소리, 뚜벅뚜벅 낮잠실을 둘러보는 선생님 발소리 등등 ASMR이 따로 없다. 이런 소리에 집중하다 보면 나도 모르게 잠이 든다. 일반적으로 대략 40분은 쿨쿨 자고 일어난다.

## 낮잠실의 그 아이

낮잠실에서 기억나는 에피소드가 한 가지가 있다.

여느 때처럼 잠자리에 들었는데 웅성웅성하는 소란스러움에 뒤척이며 깼다. 눈을 떠 보니 친구들이 한 방향으로 놀람을 감추지 못한 채로 시선을 돌리고 있다.

부랴부랴 시선을 따라가 보니, 간질이 있던 현지 학생 한 명이 자던 도중 발작을 일으켜 입에 거품을 물고 몸을 덜덜 떨고 있었다. 놀란 학생들을 뒤로한 채, 선생님은 사태를 수습하셨고 학생을 업고 나가셨다.

남겨진 학생들은 너 나 할 것 없이 그 학생에 대해 이야기를 퍼 날랐고 이는 곧 소문으로 퍼질 게 분명했다.

이때 호랑이 선생님이 들어와 문을 세게 쾅쾅쾅 치면서 아이들을 다시 눕혔다. 그리고 눈을 감은 채로 들으라고 하시면서 해당 학생에 관한 이야기를 하는 사람이 있다면 크게 혼날 것이라고 경고하셨다. 바짝 긴장한 학생들은 다시 눈을 감고 조용히 집중하며 자연 ASMR을 bgm 삼아 듣다 잠들었다.

## 꺄르륵 재잘재잘, 자유시간

낮잠을 자고 나오면 한두 시간 동안의 자유시간이 주어진다.

자유시간은 말 그대로 자유시간이다. 이때 한국인 친구들이 삼삼오오 끼리끼리 모여서 옛날 놀이를 하곤 했다. 신발끈 놀이, 무지개 놀이, 줄 놀이, 신발 멀리 던지기 놀이, 딱지치기, 신호등 게임, 경찰과 도둑, 술래잡기, 인간 뜀틀, 실뜨기, 숨바꼭질 등등….

달리고 멈추고 쫓으면서 극도로 활동적으로 놀고 있으니 주변 현지 친구들의 관심을 받기도 했다. 다른 현지 친구들은 뭐 하고 놀았는지 잘 모르겠다. 그 순간 제일 신나게 놀았었다. 이때의 체력은 대부분 체육시간마다 인당 세 바퀴는 뛰게 했던 영향이 크다.

## 지옥주 금요일, 학교 뒷산 달리기

매주 금요일은 6교시까지만 하고 전교생이 줄 맞춰 발 맞춰 뛰면서 산을 올랐다.

땡볕에 땀 뻘뻘 흘리면서 얼굴이 빨개져라 헉헉대던 내 모습이 기억난다. 5학년-4학년-3학년-2학년 순서대로 열과 줄을 맞춰 반끼리 뛰어올라간다. 열과 줄이 맞춰져 있는 대열 내에서 뛰고 있기 때문에 열외하고 싶어도 주목받는 게 더 두려워 억지로 뛴다. (번외지만, 5학년 되고 나서는 초등학교 내 가장 큰 언니였기 때문에 주목을 받는 열외가 두렵지 않아 한두 번 힘에 겨워 꼴찌로 뛰었다.)

일반적으로 산 중턱까지만 오르는데, 중턱에 있는 큰 공원에서 흩어져 자유시간을 갖는 겸 쓰레기를 줍는다. 그리곤 다시 오와 열을 맞춰 대열 속으로 합류해 교실로 뛰어 들어간다. 반으로 돌아오면 헉헉거리는 숨소리와 땀냄새가 진동한다. 각자 가져온 물통에 물을 담아 벌컥벌컥 삼킨다. 그 시간은 희열적이었다.

찬물과 부채만 있다면 살 수 있겠다고 생각했다.

3-4.
공산주의 수업방식인지,
초등학생 교육방식인지

공산주의 초등학교에서의 수업방식은 독특하다.

초등학교여서인지 공산주의여서인지는 모르겠지만 하나부터 열까지 지정해 준다. 남이 지정해 주는 대로 사는 건 쉽다. 내가 맞다고 생각해도 남이 하라는 대로만 하고 잘 따르기만 하면 그만이다. 굳이 내 앞길을 내가 나서서 쟁취하거나 탐구하는 수고를 하지 않아도 된다. 과연 좋은 건지 이제 와서 생각하면, 아니라는 결론에 다다르지만 습관을 들이기엔 좋다. 크게 보면 단점이지만 확실히 좋은 점이 있다.

중국은 앞서 말했듯이 규율이 엄격하다.

학생들은 항상 등받이 없는 나무의자(떵즈)에 엉덩이를 2/3만 걸쳐 두고 다리는 모은 채로 책상과 주먹 하나의 거리를 유지하여 책상 위에 양팔을 차례로 포개어 올려 앉아 있어야 한다. 앞서 언급했듯이 책상 정리 방법도 정해져 있다. 큰 교과서는 국어, 수학, 영어 순서대로 포개고 그 위에 작은 노트, 그 위에 더 작은 노트, 그리고 그 위에 필통을 올려 책상 사물함 오른쪽에 두어야 하고, 왼쪽에는 수학노트, 국어노트, 연습장들을 포개어 두어야 한다. 물통은 책상 위에 두어선 안 되고 책상 사물함 중간에 끼워 두어야 했다.

그리고 학생들이 앉는 의자는 등받이가 없는 나무의자(떵즈)였기 때문에 허리를 본인 의지로 꼿꼿이 세워야 한다. 학교 가방은 항상 책상 옆에 고리에 걸어 두었고, 홍린진을 맨 상태로 아까 그 자세로 앉아 있으면 선생님이 한 명, 한 명 책상 상태와 옷차림 상태를 점검하셨다. 수업 중에 질문이 있으면 포개져 있는 두 팔 중 하나만 손끝에 팔꿈치를 대고 반만 들 수 있었다.

중국 초등학교 학생들

수업할 때 앉아 있는 자세도 정해져 있을 정도라면 그 무엇이 안 정해져 있을까?

책상 앞에 앉아서 책을 낭독하는 자세도 정해져 있다. 양손으로 책의 양 변을 잡고 펼쳐 아래쪽 책 꼭지를 바닥에 지지하고 45도 각도로 비스듬히 세워 읽는다. 책을 넘길 때는 오른쪽 모서리를 오른손 엄지로 한 장을 잡고 왼쪽으로 넘겨 왼쪽 엄지로 잡으면 된다. 다리는 책상에 앉을 때와 마찬가지로 꼬아서도 안 되고 엑스(X) 자로 교차해서도 안 되고 바른 11 자로 얌전히 두어야 한다. 책 커버를 씌우는 방법도 정해져 있다. 어떤 책 커버를 사와야 하는지도 정해 주셨다.

그때 당시에도 '이렇게까지 하는 이유가 뭘까?' 하고 생각했지만, 스스로 내린 결론은 공산주의니까, 모두가 공평해야 하니까, 이런 사소한 물품에서 고가와 저가품의 차이에서 비롯되는 차별을 방지하기 위함이라고 생각한다.


## 내가 수학을 배운 방법

수학 수업 때, 선생님은 수학 공식 푸는 방법을 어떻게 적어 내려가야 하는지 공책을 검사하신다. 문제 1번은 '1.'이라고 적고 문제를 적은 다음 '(풀이)'라고 적은 다음 풀이를 적고 '(답안)'이라고 적은 다음 답안을 적는다. 그리고 줄을 길게 하나 그은 후 '2.'를 적고 동일한 방법으로 2번을 푼다. 그날의 문제 풀이를 마쳤으면 두 줄을 길게 그어 마침을 표시한다.

학년이 올라갈수록 '풀이'는 ':'으로, '답안'은 삼각형 모양 점 세 개로 대체되었고, 복잡한 문제일수록 이런 구조가 큰 도움이 됐다.

## 내가 중국어(어문)를 배운 방법

국어 수업, 그러니까 중국어 수업 때는 펜을 잡는 방법부터 글을 쓰는 디테일, 그리고 작문하는 형식에 대해 외웠다. 만년필을 잡을 때는 검지와 중지로 펜의 뒤쪽을 받치고 엄지로 펜의 앞을 받친다. 나머지 손가락은 접어 둔다. 접힌 새끼손가락과 손 볼로 종이를 꾹 누르고, 원하는 칸막이에 지정된 글의 순서와 모양을 따라 적는 연습을 한다. 글 자체는 디테일이 살아 있어야 한다. 그렇지 않으면 틀린 글자다.

중국어는 '피엔팡'이라고 해서 비슷해 보이는 글자를 자세히 살펴보면 같은 획을 사용하는 고정 획이 있다.

제목은 네 칸을 띄어 쓰고, 한 문단을 시작할 땐 두 칸을 띄어 쓰고, 문장부호마다 한 칸씩 차지하고, 서론-본론-결론의 분량은 어떻게 나누는지 등 철저하게 외우고 반복해서 연습한다. 중국 글자를 쓰는 순서도 외워서 배운다. 이제는 그 순서대로 쓰지 않으면 잘못 쓴 것 같은 착각이 든다.

아직도 중국어 수업할 때 학생분이 결과는 제대로 쓰시지만 중간에 획 순서가 틀리면 괜히 지적하고 싶다. 실제로 말씀도 드리긴 한다. 이 부분은 실제로 경험하고 배우지 못하면, 중국어를 배울 때 분명 같은 글을 썼지만 알아보지 못하는 상황이 벌어질 수 있다. 알고 모르고의 차이가 조금 큰 부분이니 알아 두면 좋다.

## 내가 영어를 배운 방법

영어 수업할 땐 좀 특이하다.

발음을 가르쳐 주시는 선생님이 꼭 본인의 발음대로 하지 않으면 틀렸다고 하셨다. 이를 테면 이런 식이다. x(엑스)는 에크스, l(엘)은 에르, m(엠)은 에므라고 발음해야 하고, k와 i는 수업에서 배운 대로 사용하지 않으면 틀린다. 중학교, 고등학교에 들어와서도 이때의 영향으로 한동안 표기법은 유지했다.

중국에서 배운 영어 실력이 궁금한 사람이 있을 것 같다. 사실 나는 학교에서만 배우지 않았다. 매일 하교하고 학원에 가서 중국어와 함께 영어를 배웠다. 문법과 단어는 학원에서 하라는 대로 성실하게 하는 학생이었고, 중국으로 유학 온 영미문화권 외국인에게 회화 수업을 들었다.

대학을 졸업하고, 취준할 때 자격을 채우기 위해 영어 자격증 시험을 보았다. 그간의 유학생활 덕분인지, 지금은 토익 시험을 볼 때 시간을 남기고 20분간 멍을 때리고 있을 경우가 많은데, 보통 930점~975점의 점수를 얻었다.

# 3-5.
# 하굣길의 그 아저씨

## 하교할 때

수업을 마치고, 청소를 끝내고 나오면 아침에 탄 봉고차가 기다리고 있다.

가끔은 하교시간에 맞춰 하굣길 봉고차 타는 곳에 병아리를 파는 아저씨가 삐약삐약 병아리를 데리고 나와 팔고 계셨다.

호기심에 손에도 올려 보고 사진도 찍어 보고 몇 마리 실제로 사서 집에 데려가면 엄마한테 등짝을 신랄하게 맞았던 기억이 있다. 그리고 그 옆에선 도라에몽 팥빵을 팔았는데, 내 코 묻은 돈 꼬깃꼬깃 꺼내서 빵 하나 사서 먹은 기억도 있다. 15원이었기 때문에 당시 초등학생에게는 정말 큰돈이었다…. 거의 전 재산급으로….

나의 하루는 이렇게 흘렀다.

아침에 봉고차 타고 학교 갔다가 수업 듣고 이벤트 체조하고 눈 체조

하고 밥 먹고 낮잠 자고 뛰어놀고 수업 듣고 병아리 보다가 봉고차 타고 집으로 가기.

학교를 마치고 나서는 봉고차를 탄 언니, 오빠들과 함께 학원으로 갔다.

그 학원에서 영어/중국어/수학/국어 수업을 모두 들었고, 저녁까지 같이 먹었다. 저녁을 먹을 때도 계단을 우다다다 뛰어가서 10분 만에 후딱 먹고 얼른 뛰어내려와서 중국 슈퍼마켓에서 불량 식품을 사다가 본드풍선 놀이도 하고, 라티아오(辣条), 라면땅(方便面) 등 불량식품도 먹고 동산에 뛰어올라가 놀고 그랬던 기억이 있다.

중국인 현지 선생님들과 소통도 하고 중국 현지 마켓에서 소통도 하고 한국인 원장님과 한국인 친구들과 놀다 보니 자연스럽게 중국어와 영어, 그리고 한국어까지 습득할 수 있었다.

# CHAPTER 4.

# 내가 살아남은 방법

4-1.
어디선가 들려오는
미세한 한국어

당시 나는 무서울 게 없었던 낭랑 9세였다.

때문에 알 수 없는 언어를 하면서 다가오는 중국인 친구들은 무섭지 않았다. 그보다는 나만 알아듣지 못하고 있는 분위기에 압도당해 쭈구리가 되어 가고 있었다.

그때 어디선가 소리가 들린다. 한국어다.

들려오는 반가운 한국어에 당장 달려가 인사를 하고 제발 나 좀 알려 달라고, 뭐라는지 하나도 모르겠다고 하면서 중국어도 하고 한국어도 하는 요상한 친구에게 도움을 청하고 매일매일 쫓아다녔다. 그래야 마음이 편했다.

그렇게 몇 년이 흘렀더니, 중국어가 들리기 시작했고 어렸던 탓인지 애들과도 쉽게 어울렸다. 중국인 애들은 한국인을 정말 신기해하고 친해지고 싶어 한다. 왜인지는 모르겠는데 하여튼 모두가 그런다.

그 와중에 한국인이라고 한국인 애들끼리는 서로 왕따도 돌아가면서 해 보고 무리도 지어 보고 여러 가지는 다 했던 것 같다.

참 신기한 건 누가 가르치지 않아도 못된 건 한마음처럼 시작된다. 물론 기억이 많이 왜곡되었을 수 있지만 경험이 이렇다 보니 나는 성악설을 믿는다.

그래도 뭐 나름 순수했던 건 억울하지 말라고 모두가 공평하게 하루씩 당했다. 그날의 왕따가 지나가면, 다음 날의 왕따가 아니어서 다시 친하게 지내는 이상한 문화였다. 사실 수준도 귀엽기 그지없다. 한 명만 남기고 나머지 다 뛰어가기, 한 명한테만 유독 대답 안 해 주기 이런 것이었다. 같이 학교를 다녔던 친구들은 맷집이 강했는지 하나같이 이런 일들에 굴하지 않는 친구들이었다.

이때 중국이어서 좋았던 점은 한국 애들이 따를 시키건 말건 그날의 왕따 당번은 중국 애들이랑 어울리면 그만이었다. 그래 놓고 다음 날 되면, 서로 후기를 공유한다. "야! 어제 너가 왕따였는데 너 몰랐지!" "엇, 진짜? 웅, 몰랐어. ㅋㅋ" 이런 이야기가 오갔던 장면이 기억난다.

# 4-2.
# 무지막지한 소문의
# 진실과 거짓

## 진실 혹은 거짓, 서프라이즈

이제부터는 공산주의 사립 초등학교의 충격적인 환경과 무성했던 소문에 대한 이야기를 하려 한다. 거의 진실 혹은 거짓, 서프라이즈급 이다.

나는 초등학교를 들어가고 나서부터 중국 학교에 관한 소문을 들었다.

대부분 학교에서 사귄 한국인 친구들이 소곤소곤 귓속말로 알려 준 근거 없는 이야기들이다. 그중 하나 기억나는 것은 선생님의 말씀을 거역하면 귀를 찢을 듯이 잡고 복도를 끌고 다닌다는 것이었다. 어쩔 때는 귀가 찢어져서 피가 줄줄 흘러내릴 정도로 혼이 나기도 한다는 이야기였다. 그리고 어느 날, 한 학생이 선생님에게 빼액빼액 대들고 있었는데, 키가 크고 착했던 중국인 체육 선생님이 그 학생의 귀를 잡았다. 나는 실제로 소문으로만 들었던 모습을 보는 건가 싶어 상당히 무서워했다.

실제로 선생님은 귀를 잡고 학생을 끌고 복도를 지나 조용한 곳으로 데려갔고, 그곳에서는 어떤 일이 일어났는지는 알지 못한다.

그리고 그날 밤 꿈속에서 선생님이 학생 귀를 잡고 들어올려서 계단 아래로 떨어뜨리는 장면이 나왔다. 초등학교 저학년이던 나에겐 소문이 도깨비방망이를 맞은 것처럼 부풀어올라 꿈에 나타난 것이다. (사실 꿈이었는지, 실제로 보았는데 너무 충격적이어서 꿈이라고 생각하게 된 건지는 불분명하다.)

## 지린내 폴폴, 중국 화장실

중국 여행 가 본 사람이라면 다 알겠지만, 중국 화장실에서는 냄새가 엄청나게 난다.

항상 지린내가 났던 화장실로 들어가면 당연히 있어야 할 문은 없고 중앙을 기준으로 양옆에 각 한 줄로 화장실 문부터 끝의 창문까지 길고 깊게 구멍이 파여 있고, 그 구멍을 여러 칸으로 나누어 놓았다. 중국 현지 여행 유튜브만 봐도 내가 무슨 이야기를 하는 건지 알 수 있을 것이다.

그러니까 중간 칸에 들어가면 앞뒤로 구멍이 이어져 있다. 그 구멍에 조준해서 볼일을 보아야 한다. 물 내리는 버튼은 화장실 가장 앞쪽 칸에 하나 있고, 그 물을 내리면 전체 배설물을 싹 쓸고 맨 끝 쪽 깊고 동그란 구멍으로 골인시킨다. 궁금하다면 구글에 '중국 화장실'이라고 검색해서 사진을 보면 한 번에 이해가 될 것이다. 사진만 봐도 냄새날 것 같다. 그 냄새가 실제로 난다.

아직도 생각하면 더럽다. 그래서 한국인, 중국인 너 나 할 것 없이 똥마려우면 저 맨 끝 동그란 구멍을 조준해서 열심히 쌌다. 물 내리는 시간은 정해져 있기 때문에 안 그러면 물을 내릴 때까지 모두가 똥 구경을 할 수 있기 때문이었다.

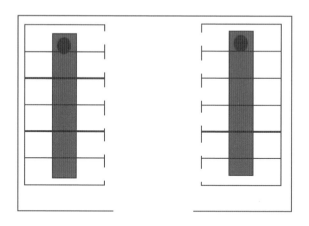

중국 로컬학교 화장실 모식도

이 때문에 항상 중국 화장실에서 냄새가 난 게 아닌가 싶다.

앞서 이야기했듯이 중국 화장실은 푸세식 중에서도 푸세식이다.

일단 구멍에 쪼그리고 앉아 볼일을 보고 나오면 끝이다. 물을 내리는 건 없다. 선생님이나 청소부 아주머니가 주기적으로 들어와서 물을 내리기 때문에 우리는 물을 내리면 안 된다. 물을 몰래 내리고 싶어도 한 번 내리면 소리가 엄청 크게 나면서 폭포수처럼 구멍에 남아 있는 배설물을 씻어 내리기 때문에 할 수가 없다.

단지 똥이든 소변이든 구멍에 싸고 나오면 끝이다.

휴지도 옆에 걸려 있지 않아서 한국인 친구들은 반강제로 오줌/똥 참기 챌린지에 참여하였고, 도저히 참지 못해 싸고 싶은 때라면 한국인 친구들이 절대 모르도록 본인만 아는 장소로 가서 볼일을 보고 선생님께 혼나는 한이 있더라도 물까지 내렸다. 당시 친구들 사이에서의 가오는 세상 어느 것보다도 중요했다. 그렇지 않으면 자존심에 큰 상처가 생겨 한동안 회복하지 못할뿐더러 친구들 사이에서 똥쟁이로 기억될 수도 있으니 말이다.

## 당시의 위생관념, 그리고 편견

그리고 무엇보다도 충격이었던 점이 있다.

대부분이 머리를 일주일에 한 번씩 감아서 머리에 이가 있다는 것이다. 집에 돌아가면 엄마가 항상 머리에 옮아 온 이가 있는지 없는지 빗질해 주셨던 기억이 있다. 머리에 비듬은 기본이고 떡져 있는 머리가 일상이다.

위생 상태가 더 심한 친구는 이가 이미 다 썩어 검은색이었다. 한두 개가 썩어 충치가 있는 것이 아니고, 정말로 온 이가 썩어 눈을 의심하게 만들었다. 그 친구가 이야기를 할 때면 나도 모르게 입안을 쳐다보게 되었다. 그때 생각한 것이 '최대한 보지 말자. 이를 보는 것이 이 친구에게 상처일 수도 있다'는 것이었는데, 이마저도 나의 편견이었다.

그 친구는 정말이지 아랑곳하지 않고 오히려 당당하게 이야기하고 까맣게 썩은 이가 훤히 보일 정도로 당당하게 웃어서 섣불리 남의 감정을 판단하지 말아야겠다고 결심하게 되었다.

그리고 화장실에 갔다 와서 손을 씻는 친구를 본 적이 없다. 점심 먹고 나서 양치를 하는 친구를 본 적도 없고, 화장실은 그냥 가서 싸고 나오면 그만이었다. 이후, 한국 학교로 전학 가고 나서 모든 애들이 양치

도구를 가지고 오고 다 같이 들어가서 씻는 모습에 놀랐었다.

## 같은 유교지만, 다른 인사 문화

사소하지만 근본에서 출발하는 또 한 가지 다른 점은 인사 문화다.

한국에서는 선생님이든 부모님이든 본인의 나이보다 많은 웃어른이라면 양손을 배꼽 위에 포개어 두고 허리 굽혀 인사하는 게 정석이다. 허리를 90도 굽혀 인사하면 정말 예의 바른 청년인 것이고, 간소화하여 머리만 숙여 인사하면 일상적인 인사다.

반면 중국에서는 부모님, 선생님, 친구 할 것 없이 모두 눈을 바라보고 인사를 한다. 허리를 굽히지 않고 세운 채로 눈을 바라보고 웃으며 상대방이 들릴 정도의 큰 소리로 인사하면 그만이다.

지금이야 한국식 인사법이 몸에 배어 당연히 눈을 맞추기 보단 고개를 숙이지만, 중국에서는 고개를 숙이는 것보다 눈을 마주치며 인사하는 것이 더 익숙했다. 이 부분에서는 중국과 한국 모두 유교사상을 바탕으로 예의를 중시하는 문화라고 배웠지만, 실제로는 한국이 훨씬 더 예의범절을 민감하게 지킨다고 느꼈다.

## 쓰촨성 대지진, 추모의 시간

중국 초등학교 재학 당시, 쓰촨성 지진으로 인해 온 학교가 떠들썩했던 적이 있다. 이 사건 이후로 매일 국기 게양식을 마치고 나서 잠시 묵념을 하고, 기부할 물건을 집에서 가져와 학교 차원에서 기부한 경험이 있다.

그때 당시 나는, '지진이 정말 크게 났구나' 정도로만 그 사건을 바라보았다. 지금 와서 생각해 보면 사건의 경중을 몰라 참담함을 느끼지 못했던 것 같다. 단지 안타까운 자연재해가 발생했다고만 생각했다.

때문에 학교에서 기부를 할 때 나는 많이 안 가져갔었는데, 중국인 친구들은 매일매일 바리바리 싸 들고 와서 국기 밑에 준비된 상자에 집어넣었다. 매일매일, 정말 매일매일이었다. 어느 정도 수준이었냐면, 한두 달도 아니고 몇 달을 그렇게 매일매일 하니까 '이 기부물품과 기부금이 정말로 필요한 곳에 전달되는 게 맞을까?' 하는 의문을 가질 정도였다.

시간이 지나고, 지진을 대비하기 위해 불시에 사이렌 소리가 방송되었고, 사이렌 소리가 들리면 일제히 머리를 감싸고 책상 아래로 들어가 한동안 사태를 살핀 후에 다 같이 체육장으로 뛰어나가는 훈련을 하곤 했다. 이 훈련은 한국에서도 하는 훈련으로 알고 있다.

# CHAPTER 5.

# 내 기억엔 없던
# 학교에서의 일상

# 5-1.
# 14년 만에 만난
# 초등학교 동창생

나는 운이 좋은 사람이다.

얼마 전, 퇴근 후 운동을 하고 상쾌하게 씻고 나오는데 살랑살랑 불어오는 바람에 기분이 한껏 들떠 있었다. 집 가는 지하철에서 여느 때와 다름없이 에어팟을 꺼내 끼고 음악을 들으면서 인스타그램 스토리를 넘겨 보고 있었다.

스토리 중에는 중국 유학 시절 같은 초등학교를 다녔던 친구가 올린 게시물도 있었는데, 무슨 바람이 들었는지 스토리 답장으로 '××아! 만나자!' 하고 보냈다. 사실 이런 연락은 나에게 있어서 특별한 것은 아니다. 가끔씩 떠오르는 친구들에게 연락을 돌리곤 한다.

어떻게 살고 있고, 어떤 어른으로 자라 있을지 궁금하다.

그날 만나자고 한 친구는, 간간히 인스타그램으로 연락을 주고받던 사이였던 친구다. 12살에 헤어져서, 14년 만에 26살 어른이 되어서 만났다. 장소는 연남동, 12살 시절의 우리가 26살이 되어서 연남동에서 만날 줄이야. 설렘인지, 어처구니없음인지 헛웃음이 새어 나왔다. 퇴근하고 운동도 하고 그 친구를 만나러 갔다.

\* \* \* \*

서로 보자마자 한 이야기는 "너도 진짜 하나도 안 변했다. ㅋㅋㅋㅋㅋ"이다.

'ㅋㅋㅋㅋㅋㅋ'에는 정말 많은 감정이 담겨 있었다. 미소를 머금고선, 우리는 미리 봐 둔 식당으로 걸어갔다. 가는 길에 중국 사립 초등학교에 같이 다녔던 친구들의 이름, 그 친구들의 근황, 그때 당시 우리가 지내 온 일상 등등 옛날이야기만 주구장창 이어 나갔다.

사실, 이 친구를 만나자고 했을 때까지만 해도 만나자고 한 것은 정말로 진심으로 이 친구의 근황이 궁금해서였다. 하지만 막상 만나서 이야기를 주고받다 보니, '이 이야기는 책에 써도 되겠는데?' 하는 생각이 들었다. 의도치 않게 얻은 이득… 개이득이 아닐 수 없다. 그래서 난 내가 또 운이 좋았다고 생각한다.

초등학생 때에도 그랬지만, 오랜만에 만난 친구와는 여전히 잘 통했다. 오랜만이라는 단어로도 불충분한 기간이 흘러 우리는 각자 중학교, 고등학교, 대학교, 그리고 취업 혹은 취준 생활 동안 SNS로만 근황을 확인했기에 어느 정도 서로에 대해서 알고 있다고 생각했다. 하지만 간접적으로 보는 것과 직접적으로 마주 보고 이야기하는 것은 천지 차이라는 걸 깨달았다. 같은 내용이어도 당사자의 입장과 생각을 듣는 건 정말 매력적이다.

우리는 시간 가는 줄도 모르고 하이볼을 마시면서, 20대 중반 여자 사람 친구들이 할 법한 이야기도 했다. 그래도 가장 재미있고 흥미로웠던 이야기는 당연 내가 기억하지 못하는 초등학교 시절의 우리다. 그 친구가 해 준 이야기 중 하나만 꼽자면 아래와 같다.

"야, 나 아직도 기억나. 우리 점심에 밥 먹기 전에 항상 외치던 구호가 있어."
"(중국어 쏼라쏼라)"
"어?????? 야, 그게 뭐야?? 나 진짜 기억 안나!! ㅋㅋㅋㅋㅋㅋㅋㅋ"
"아, 근데 왜 이렇게 웃기냐. 진짜 공산주의 그 잡채다. ㅋㅋㅋㅋ"
"다시 해 봐!! 뭐라고??"

感谢爸爸妈妈

感谢水，感谢电，感谢农民

感谢阿姨

阿姨辛苦了


간씨에 빠바 마마

간씨에 쉐이, 간씨에 띠엔, 간씨에 농민

간씨에 아이

아이 신쿠러


아빠, 엄마 감사합니다.

물 감사합니다. 전기 감사합니다. 농부 감사합니다.

아주머니 감사합니다.

아주머니 수고하셨어요.

"아, 헐. ㅋㅋㅋㅋㅋㅋㅋㅋ"

"와, 넌 이걸 아직까지 기억하고 있네? 진짜 대박이다…."

.

.

.

막상 들어 보니까 기억이 나기 시작했다. 리듬감까지 기억이 난다.

집에 와서 엄마한테도 말씀드렸더니, 너가 가끔씩 밥 먹을 때 학교에서 배워 왔다면서 그 구호를 외치더라고 하셨다. 머리로는 까먹었지만, 몸이 기억한다. 지금은 마냥 웃기다. 진짜 재밌어서 푸하하하 웃음이 다 나올 지경이다. 참 고생 많았네. 나 자신, 칭찬해. 너무 웃겨.

5-2.

안절부절,

신종플루에 걸린 딸랑구

이 기세를 몰아 엄마한테도 혹시 내가 기억 못 하는 나의 초등학교 시절이 있는지 물어보았다. 들어 보니까 두 개나 있었다. 학교 내에서 바이러스가 퍼져 온 중국이 떠들썩했던 시절, 등하교 봉고차를 예약할 수 있었던 방법.

간단히 요약하자면, 정확하지는 않지만 초등학교 3~4학년 시절 중국에서 바이러스가 퍼졌다. 지금의 코로나와 비슷하게 기침으로 감염되는 바이러스였다.

이름은 신종플루. 신종 인플루엔자라고도 불렀다.

이것도 이야기를 들으니까 그때 당시의 장면이 머릿속에서 펼쳐지기 시작했다. 당시에 나는 매일 마스크를 쓰고 다녔다. 교문에는 항상 선생님 두 분이서 짝을 지어 들어오는 학생을 일대일로 한 명씩 열을 재면서 확인하셨는데, 열이 36.5도로 정상인 친구들만 교문을 지나 교실로 들어갈 수 있었다.

엄마가 이야기해 주길, 그때 내가 신종플루에 걸려 혀를 주체하지 못하고 밖으로 기괴하게 내밀면서 거품을 물고 쓰러지곤 해서 무서웠다고 한다. 아빠가 한국에서 중국으로 돌아오는 거래처에게 부탁해서 결국은 백신을 얻었고, 그 백신을 맞으면서 몸이 좋아졌다고 한다.

사실 내 기억 속 신종플루는 그렇게 무섭지 않았다. 그냥 '음~ 나 걸렸었어. ㅎㅎ' 정도로 기억할 뿐이다. 그냥 감기라고만 알고 있었다. '감기 걸린 게 대수인가?' 싶은 마음에 담담했던 것 같다. 이제 와서 엄마의 입장에서 다시 들어 보니, '꽤나 심각했네' 싶다. 하지만 그때 당시 나도 겁을 먹었으면 더 큰일이 나지 않았을까? 때로는 무덤덤한 게 더 도움이 된다. 항상 무덤덤해서 문제지만 말이다.

5-3.
부모님이 봉고차를
예약한 방법

학부모가 모여서 봉고차를 예약할 수 있던 법은 너무 간단하다.

당시 나의 중국어 실력이 걱정되었던 부모님은, 나를 학원에 매일 가게끔 하셨다. 등하교할 때 타던 봉고차는 사실 그 학원에서 대절해 주는 학원차였다. (충격!) 엄마한테 나의 초등학교 시절을 물어보면 편하셨다고 하길래 이해가 안 되었는데, 이제 이해가 된다.

아침 8시에 학원 봉고차를 타고 등교하고, 학교에 도착해서 수업을 듣고, 다시 오후 5시쯤에 학원 봉고차를 타고 하교하고, 학원에 도착해서 중국어, 영어, 학교 복습 수업을 듣고, 다시 8시쯤에 집으로 가기 위해 학원 봉고차를 타고 간다.

엄마 관점에서는 아침 8시부터 저녁 8시까지 육아 해방이다, 해방. 아침은 자느라고 안 먹고, 점심은 학교에서 먹고, 저녁은 학원에서 먹는다. 진짜 편했겠다.

# CHAPTER 6.

# 졸업, 그리고 입학

# 6-1.
# 중국 학교 졸업,
# 한국 학교 입학

## 다시, 한국 학교로

그렇게 5년 동안 다니고 초등학생을 졸업한 후에는 중국에 있는 한국 학교를 다니기 시작했다.

아빠가 한국으로 아예 들어갈지 말지 고민하던 와중에 중국에 있는 한국 학교를 다니게 하기로 마음먹으셨기 때문이다. 당시 나는 집 근처에 있던 소위 명문 중학교를 목표로 두었고, 최종 합격까지 받았지만 부모님의 결심에 따라 좋은 경험으로만 남겨 두었다. 당시, 중학교 합격발표를 반 컴퓨터로 모두가 보는 자리에서 한 명, 한 명 보고 있었다. 붙든 안 붙든 나는 그 학교를 가지 않을 것이라는 사실을 알고 있던 현지 초등학교 친구들은 부러운 눈빛으로 나를 쳐다보며 자기에게 넘기라고 우스갯소리를 하기도 했다.

사실 이때는 내가 중국 로컬 문화에 굉장히 익숙해져 있었다는 걸 깨닫는 시기였다. 한국 학교는 규율보단 자유가 중요시되고 있었다. 책상 위에 널브러져 있는 교과서와 물통, 가방은 각자 개성에 맞춰 아무렇게 올려져 있었고 화장실도 제멋대로 들락날락하고 책상 앞에 앉아 있는 자세도 자유로웠다. 그 누구도 복도에서 줄과 발을 맞춰 서 있는 건 생각도 하지 않았다.

이렇게 표현하는 것이 조금 과격하게 보일지도 모르겠다. 하지만 중국 문화에 찌들어 있던 나에게는 정말로 그렇게 느껴졌다. 질서가 없는 것처럼 보였고, '이게 학교인가?' 싶은 마음이 컸다.

나는 속으로만 혼란을 삼키고 지금 생각하면 너무나도 귀엽고 웃기지만, 나름의 일탈을 감행했다. 물통을 책상 위에 올려 두었고, 필통도 살짝 비스듬히 두고, 팔은 책상 위에 올리지 않았고, 가방도 의자 등받이에 두었다. 질문이 있어도 하지 않았고 두 눈으로 선생님 수업만 지켜보았다. 이렇게 해야 한국인 친구들과 동화될 수 있다고 느꼈기 때문이다.

한국 학교는 이상했다.

애들이 체육시간에 뛰어놀지도 않았고 여자애들은 벤치에 앉아서 수다만 떨고, 앞에서 축구하는 남자애들만 바라볼 뿐이었다. 나도 꼴에 여자랍시고 마음속으로는 뛰어놀고 싶었지만 꾹꾹 참고 친구들이랑 앉아서 수다만 떨었다. 수다의 내용도 되게 재미없고 부정적인 이야기들이었는데 내용이 대충 누가 누굴 좋아한다더라, 누가 누구랑 이 런 이야기를 했다더라, 누구 진짜 별로지 않냐 이런 이야기들이었다.

한창 사춘기에 접어든 나이 대가 그런지 외모에 대한 평가나 누가 잘 나가고 누가 더 서열이 높은지 등등 친구들 사이의 관계가 주된 내용이 었다.

## 특별한 점심시간

여자애들 사이에서 점심시간은 특별한 의미를 내포했다.

점심을 같이 먹는 친구들이야말로 진정한 친구들이라는 의미가 있 다. 이 때문에 점심시간을 통해 같이 노는 무리라는 것을 보여 주는 데 에 온 노력을 기울이는 듯했다.

다른 한국 학교도 그런지는 모르겠지만, 이런 문화가 자리 잡고 있는 우리 학교에서는 전학생이 오는 날이 특별했다. 전학생이 우리와 같이 어울릴 수 있는 친구인지 알게 모르게 모든 무리에서 떠본다. 만약 그 전학생이 인기가 많다면, 점심시간 쟁탈전이 벌어진다. 영문을 모르는 전학생은 일단 '그래! 같이 먹자!' 하겠지만, 같이 점심을 먹지 않은 무 리는 빼앗겼다는 아쉬움과 함께 해당 전학생을 그 무리로 인정(?)한다.

가끔 무리 내에서 관계가 어그러져 점심을 같이 못 먹게 되는 불상사가 생기기도 한다. 그 친구는 혼자서 먹을 수밖에 없는데 그렇게 되면 '나 친구 없어요' 하고 공표하는 꼴이다. 그래서 친구가 없는 애들은 점심을 안 먹고 교실에서 혼자 텔레비전을 보거나 컴퓨터를 하는 모습을 종종 보았다. 고등학교도 동일했다.

사실 이 부분은 사춘기에 접어들면서 생긴 변화인지, 한국 학교 문화와 중국 학교 문화의 차이인지는 모호하다. 여하튼 내가 겪은 학교 간 문화는 여기에 적은 내용 그대로다.

6-2.
명문 대학교에 가야지

## 일단은 명문 대학교에 가고 생각해

중·고등학교 생활을 하면서, 나는 한국의 교육 커리큘럼을 따라 알게 모르게 주입된 '명문 대학교'에 꽂히게 되었다. 당시 내가 정의한 명문 대학교는 '서연고서성한중경외시…'와 같이 순위가 매겨진 순서대로 학과와 상관없이 이름 있는 대학교였다.

나는 내가 어떤 과목을 좋아하고, 어떤 공부를 할 때 좋아하는지 몰랐다. 지금도 마찬가지다. 나에 대한 충분한 이해가 이루어지지 않은 상태로 대학을 가야 하는 시기는 다가오고 있었다. 명문 대학교에 입학하는 방법은 단순하다. 성적이 높고, 자격증 점수가 높고, 합격할 수 있을 법한 곳에 지원서를 넣으면 된다.

이에 성적이 좋든 안 좋든, 학교 끝나고 학원에 가서 대학에 가기 위해 필요하다는 토익, 토플, 토스, HSK, 내신성적 준비를 하였고, 나 스스로가 무엇을 좋아하는지 모르는 채로 명문대에 갈 수 있는 가장 좋은 방법만 탐구하기 시작했다.

당시에 그래도 학과는 정해야 한다면서 학교에서 전교생에게 본인에게 맞는 직무, 학과 등을 찾아 주는 검사를 진행했는데, 거기에 나왔던 학과가 화학이었다. 그래서 난 화학과를 목표로 명문대를 가기 위한 작업을 시작했다. 당시 나 스스로 화학을 좋아하는가에 대한 의문이 있었지만, 이는 중요하지 않았다. 화학으로 명문 대학교를 갈 수 있다는 사실이 중요했을 뿐이었다.

사실 할 것도 없었고 그냥 어학 자격증 점수가 제일 높아질 때까지 시험 보고, 내신 성적 좀 잘 유지하고 그러면 갈 수 있었다.

해외에서 오래 산 경험이 많은 메리트를 준다는 걸 그때 알았고, 해외에 오래 산 학생들과 그렇지 않은 학생들 간 묘한 시기, 질투와 무시가 팽배해지고 있었다. 근데 그래 봤자다. 해외에 오래 산 애들이 승리자다. 해외에 오래 거주했던 친구들은 하한선이 한양대, 중앙대다. 이때 세상의 불공평함도 깨달았다. 대학 전형이 정시, 수시와는 다르기 때문에 대학교에서 돈이 필요하면 많이 뽑는다는 이야기를 들었고, 이에 해외 체류를 오래 한 친구들은 돈으로 보고 합격시킨다는 슬픈 현실을 알게 되었다. 믿거나 말거나지만, 그때 당시 나는 '이 세상은 돈이 최고구나' 하고 생각했다.

못 가도 한양대라니, 공부 못하던 친구들은 신이 났는지 어느 대학에 원서를 넣을 건지 소문이 날 정도로 크게 말하도 다닌 듯하다. 이런 분위기에서 나를 포함한 모든 학생들은 인서울 대학교 외에는 잘 모르는 눈치였다. 나만 해도 홍대까지만 알고 그 아래 순위의 학교들은 들도 보도 못 했다. 재수없을 수 있다. 근데 진짜 그랬다. '서연고서성한중경외시건동홍…'까지만 외우고 있었다.

## 대학교가 전부는 아닌데

현재 나는 대학교를 졸업하고 직장에 다니고 있다.

여러 사람을 만나고 이야기해 보았을 때, 나 스스로는 대학을 듣고 우러러보거나 낮추어 보는 혹은 알게 모르게 급을 나누는 사람들을 보면 마음이 조금 불편하다. '그렇게 잘난 것도 아닌데, 그렇게 못난 것도 아닌데, 단지 상황이, 운이, 환경이 도와준 것뿐인데 이게 그렇게까지 사람을 나누는 기준이 되나?' 하는 생각과 함께, 그런 마인드를 갖고 있는 분들에 대한 편견이 생기곤 한다.

누군가는 겸손이라고 말하지만, 나는 운이라고 말하고 싶다. 지금까지 나는 운이 정말 좋았다.

앞으로 남은 시간도 운빨 테스트 하는 기분으로 살아간다. 이 책 또한 그런 마인드셋으로 도전한 책이다. '나는 내 경험이 너무 재밌는데 이걸 공유하고 싶다' 하는 마음으로 도전하였고, 잘된다면 나의 운이 도와준 것, 안 된다면 거기까지의 내 노력에게 박수 치고 성취감을 맛본 것으로 충분히 만족할 수 있다.

6-3.
중국에서의 경험 활용.zip
(일단 해 보지 뭐 마인드)

## 야무지게 써먹은 중국어 실력

21살 때부터 중국어를 특기로 어학원에서 일을 할 수 있게 되었다.

대학교를 다니면서부터는 많은 경험을 해 보고 싶었고, 이왕이면 돈도 많이 주는 알바를 하고 싶었다. 이에 아르바이트 어플인 알바몬을 다운 받았고, 한참을 서칭하다가 선생님을 구한다는 알바를 보았다. 심지어 집에서 걸어서 10분 거리였기 때문에 일단 넣어 봤더니 면접을 오라고 하셨다.

막상 갔더니 10분 동안 교재를 볼 시간을 줄 테니 조금 이따 강의를 하라고 하신다. 원래 더 나이가 있는 분을 뽑으려고 했지만, 나의 경험과 학교를 보고 강의 실력을 본 다음에 판단하고 싶으신 것 같다. 당황스러운 마음이 역력했지만 '으엥? 아니 일단 네…' 하고 교재를 봤더니 웬걸, '너무너무너무 쉽네… ㅎㅎ'. 단순하게 생각해서 내가 중국에서 배운 중국어 순서에 맞추어 강의하면 되겠다 싶었다. 이에 몇 문장 칠판에 읽으면서 적고, 주어/동사/목적어 나눠서 '자, 이게 주어고 무슨 의미고 어떻게 읽는 것이다. 해 보자' 하면서 시뮬레이션을 했더니 합격해 부르쓰.

나이가 어려서 정식 선생님으로는 근무하지 못했지만 시간제 강사로 나름 집 바로 앞에서 수입을 만들었다. 평일에 학교 끝나고 가서 3시간 근무하고, 주말에 6시간 근무했는데, 주말에는 풀근무하지 않고 남는 시간에는 카운터에 앉아서 학생들 인사 받아 주고 수다 떨고 그랬다. 그리고 이 학원에서 처음으로 '상여금'이라는 걸 받으면서 크게 감동받았다. 일을 하지 않아도 주는 돈이 있다는 걸 처음 알았다…! 난 또 내가 잘해서 주는 줄 알고 하루 종일 기분 좋았던 기억이 있다.

## 심심해서 풀어 본 문제지로 영어 선생님까지

카운터에 앉아 있는 시간이 심심하고 아까워서 바로 옆에 있던 사물함을 뒤져 보았는데, 영어 실력 test 용지가 있길래 심심풀이 용도로 아무도 없을 때 풀었다.

그리고 원장님, 다른 선생님분들이 수업 끝나고 카운터로 모이서서 수다 떨 때 "아, 저 심심해서 여기 안에 test 용지 있길래 풀어 봤어요. 하하하" 하고 말씀드렸더니 영어 선생님이 슬쩍 보시고 채점을 해 주셨다. 그리고 며칠 안 지나서 영어 선생님 제안이 왔고, 안 그래도 시급 올리고 싶었던 참에 '콜!' 하고 수락하면서 영문법/영어지문/중국어회화/중국어문법/자격증 선생님이 되었다. 지금 생각하면 사실 호구다.


## 처음 그만둔 아르바이트, 그리고 러브콜

대학교 생활, 아르바이트, 동아리 활동 모두 열심히 했다.

하지만 어학원에서 점점 선을 넘는다는 기분이 들었다. 나는 수능을 보지 않았는데, 고3 학생들 수능을 가르치는 것이 어떠냐는 제안을 하셔서 나는 수능을 본 경험이 없어 자신이 없음을 말씀드렸지만 괜찮다면서 부탁하셔서 응했다. 하지만 이러면 안 된다는 것을 나중에 깨달았다.

사회생활에서의 첫 쓴맛이었다. 당연히 그럴 것이 나는 내가 배운 방식대로 영문법과 문제 푸는 방법, 영단어 외우기 등을 위주로 가르쳤으나, 수능문제를 푸는 방법은 모르기에 제대로 성적이 나올 리가 없었다. 내 실력이 부족한 탓이다. 시간이 지나 영어 담당 선생님께서 학생과 나를 같이 불러 은근히 한마디 하셨다. 집에 돌아와서 곰곰이 생각해 보고 두 달 안 지나서 그만두겠다고 말씀드렸다.

그 무렵, 다른 학원에서 러브콜이 왔다. 새로운 학원에서는 더 나은 조건으로 나에게 연락을 주었고, 거리도 가깝고 급여도 상대적으로 높아서 몇 년을 더 강사로 다녔다. 원장님 딸랑구도 가르치고 처음으로 남중생 5명을 한 번에 수업해 보면서 애들 사이 습득의 속도를 맞추는 데 어려움도 겪어 보았고, 은근히 내 수업을 기다려 주는 분위기에 기분도 좋았다. 지금은 징그럽게 컸겠지만 잘 지내고 있는지 궁금하다.

이 학원도 대학교 4학년 때쯤에는 취준을 목적으로 그만둔다고 말씀 드리고 그만두었다. 지금 회사 다니고 있을 때 두 학원에서 모두 러브콜이 왔지만 내 황금 같은 주말을 희생하기엔 수지타산이 안 맞아서 거절했다.

6-4.
너무 길어서 읽기 귀찮다면?
한 장 요약

나의 이야기는 여기까지다.

딱히 특별할 것 없이 위에 적힌 대로 중국 학교에서 5학년까지 지냈다. (참고로, 중국 초등학교는 1~5학년까지다. 중학교는 1~4학년이다.) 5학년이 되어서 큰언니처럼 입학하는 1학년을 바라보면서 귀여워하기도 했다. 본인도 아기면서, 참.

중국 초등학교를 졸업하고 나서는 한국인이 더 많은 학교에 입학해서 한국의 커리큘럼을 따라 수업했다. 몸만 중국에 있는 한국 학교다. 그래서 더 한국 문화와 중국 문화의 차이가 컬쳐 쇼크로 다가왔다. 양치, 끼리끼리 점심, 무슨무슨 파, 친구들 무리, 앉아서 수다 떠는 체육 시간 등등 다른 게 참 많았다.

언제 한번은 중국에서 앉아 있는 자세와 복도로 나가면 당연히 줄을 서야 하는 게 디폴드 값으로 몸에 배어 있어서 한국 학교로 와서도 그

습관 그대로 실천하고 있었는데, 종 치자마자 달려 나가는 친구들과 책상에 자유롭게 꺼내 놓은 물병이며 책이며 노트를 보며 적잖이 당황했다. 나는 튀고 싶지 않은 마음에 일부러 더 의식해서 중국 습관으로부터 멀어지려고 했다. 중국 습관이 남아 있다며 놀림 당하고 싶지 않았으니까 말이다.

하지만 어른이 되어서는 나의 경험이 특별하다는 것을 깨닫고, 굳이 숨기지 않고 터놓고 이야기하곤 했다. 그렇게 탄생한 책이 바로 《나는 공산주의 사립 초등학교를 졸업했다》이다.

잠시나마 중국 초등학교에서 교육받은 기분을 느껴 보았길 바란다! 그럼 이만!!

# 에필로그

이 글이 어떻게 읽혔을지 궁금하다.

한 가지 확실히 말할 수 있는 건, 거짓 없이 사실만을 그대로 묘사하고자 노력했다는 점이다. 그럼에도 사실보다 왜곡되어 표현된 것이 있을 것이다.

나는 2022년 여름 처음으로 나의 일상을 되돌아보기 시작해, 2024년 초에 중국에서의 유학 생활을 원고로 하여 출판에 관심을 두었다. 그리고 이 책이 탄생했다.

먼저 부모님께 감사드린다. 나의 이야기는 부모님의 결정이 없었다면 일어나지도 않았을 일이다. 10년도 더 된 이야기이기 때문에 내 기억을 더듬고자 초등학교 책을 찾아 펼쳤다. 책들은 학생들을 위해 발행되었다기보다는, 당시 새로 세워진 사립 초등학교 홍보 겸 학생들 추억용 출판물 겸 해서 만들어졌다. 덕분에 사진들을 보면서 다시금 추억에 잠겼다.

사실 공산주의건 민주주의건 한 나라의 정치이념이 어린 시절부터 다 큰 성인이 될 때까지 주입식으로 교육되었다면 큰 영향이 있겠지만, 나의 경우는 아니다. 나는 공산주의 이념이 뿌리내린 곳에서 초등교육을 받고, 민주주의 이념이 뿌리내린 곳에서 대학을 나왔다.

　결국, 개인의 철학과 이념은 사회가 정해 놓은 교육에 있지 않고, 본인의 생각이 어떠한지 관찰자의 입장에서 보고, 나무가 아닌 숲을 보는 능력에 있다고 본다. 따라서 문화든 지식이든 예술이든 언어든 더 많은 것을 접하고 읽고 느끼고 해석하여 본인이 터득해야 한다. 교육에 얽매여 있지 않길 바란다. (본인도 잘 못 하고 욕심만 내고 있는 부분이기에 더 해 줄 이야기가 없다.)

　지금 읽은 《나는 공산주의 사립 초등학교를 졸업했다》 책은 재미로 보았으면 한다.

　글쓴이 본인도 큰 이념이나 철학을 기저에 두고 쓰지 않았다. 단순히 나의 경험을 공유하고 싶었을 뿐이다.

　긴 글 읽어 주서서 감사합니다.

선린(森林)

# 나는 공산주의 사립 초등학교를 졸업했다

"니하오(안녕)", "팅뿌동(못 알아들어)", "워슬한궈런(나 한국인)"

딱 세 마디로 버텨 냈다.